FOLIO CADET

Traduit de l'anglais
par Vanessa Rubio

Titre original : *Class Trip to the Cave of Doom*
Édition originale publiée par Grosset & Dunlap,
une division de Putnam & Grosset, New York

K. H. McMullan

L'ÉCOLE DES MASSACREURS DE DRAGONS 3

La caverne maudite

illustré par Bill Basso

GALLIMARD JEUNESSE

Pour Jeff Hall,
K. H. McM.
Pour ma chère Marie,
B. B.

Chapitre premier

Cling ! Cling ! Cling !

Mordred, le directeur de l'École des Massacreurs de Dragons, faisait tinter sa petite cuillère contre son gobelet.

Cling ! Cling ! Cling !

Sa voix grave résonna dans la salle à manger de l'EMD.

– Les garçons, j'ai une surprise pour vous !

« Oh, non ! pensa Wiglaf. Qu'est-ce qu'il a encore été inventer ? »

La dernière surprise que Mordred leur avait réservée, c'était une grande soirée nettoyage. Wiglaf avait passé la nuit à récurer une pile de marmites et de chaudrons.

– Peut-être qu'oncle Mordred a enfin découvert qui a jeté ses bottes dans les douves, lui glissa Angus.

C'était le neveu du directeur, mais Wiglaf l'aimait bien quand même.

– Ou peut-être qu'il sait qui a mis le dentier de Messire Mortimer au fond du tonneau de cidre.

L'autre amie de Wiglaf, Érica, protesta :

– Chuut, Angus ! Nous sommes censés faire le…

– SILENCE ! ! ! rugit Mordred.

Soudain, on entendit les mouches voler dans la salle à manger.

– C'est mieux.

Le directeur sourit et ses dents en or étincelèrent à la lueur des torches.

– Bon, comme vous le savez tous, Wiglaf a tué deux dragons.

Wiglaf retint son souffle. Non ? ! Mordred s'était-il enfin décidé à lui remettre une médaille ?

– Mais, dites-moi, les garçons, poursuivit

Mordred. Wiglaf m'a-t-il ramené une once d'or de dragon ?

– Nooooon ! s'exclamèrent en chœur les élèves de l'EMD.

Wiglaf se tassa sur le banc. Il aurait dû s'en douter ! Mordred se moquait de lui... une fois de plus !

Il en avait assez de ces railleries. Quand il vivait encore chez ses parents, ses douze frères n'arrêtaient pas. Ils le traitaient d'avorton parce qu'il était petit pour son âge ; ils se moquaient de ses cheveux couleur carotte et de son cochon apprivoisé, Daisy. Et ils l'appelaient Wiggie-la-mauviette parce qu'il était trop sensible.

Wiglaf avait espéré que ça irait mieux à l'école. Il s'était inscrit à l'EMD pour apprendre comment devenir un héros. Et il avait tué deux dragons ! Gorzil et sa mère, Sétha. En fait, il les avait tués sans le faire exprès, par accident. Il n'aurait jamais pu leur trancher la tête, ni leur enfoncer son épée dans le ventre ! Déjà, la seule pensée d'une goutte de sang le rendait malade. Mais, bon, il les avait tués. Ça comptait, tout de même ! En plus, aucun autre élève de l'EMD n'avait jamais réussi à éliminer le moindre dragon. Il était le seul. Mais Mordred se fichait bien qu'on tue des dragons. Tout ce qui l'intéressait, c'était de s'emparer de leur or.

– Wiglaf ne m'a pas rapporté d'or, gémit Mordred. Pas la moindre petite pièce !

Soudain, ses yeux violets s'illuminèrent.

– Mais j'ai entendu dire qu'avant de mourir, Sétha avait caché son trésor dans une grotte de la forêt des Ténèbres.

Érica bondit sur ses pieds.

– Je vais trouver cette grotte, Messire ! Et je vous ramènerai l'or de Sétha !

Wiglaf sourit. Érica rêvait de massacrer un dragon. Comme les filles n'étaient pas admises à l'EMD, elle s'était coupé les cheveux et habillée en garçon pour pouvoir s'y inscrire. Tout le monde l'appelait Éric.

Seul Wiglaf connaissait son secret. En vérité, c'était une princesse, la princesse Érica.

– Ne t'inquiète pas, tu vas y aller, Éric, répliqua Mordred. Vous allez tous partir en excursion dans la forêt des Ténèbres ! C'est ça, ma surprise ! Vous partez tous à la recherche de l'or de Sétha.

– Hourra ! s'écria Érica.

Quelques autres élèves se réjouissaient aussi. Mais pas Wiglaf. La forêt des Ténèbres n'était pas exactement l'endroit rêvé pour se balader. Elle portait bien son nom : elle était très sombre. Et carrément sinistre.

– Rassemblement dans la cour du château demain matin, ordonna Mordred. Et en route pour la forêt des Ténèbres ! Le premier qui trouve l'or de Sétha…

Il se frotta les mains.

– … aura une grosse récompense !

– Hourra ! s'écrièrent les élèves en chœur.

Érica se tourna vers Wiglaf.

– Wiggie ! Je suis sûre que je vais dénicher ce trésor. Alors Angus et toi, vous venez avec moi, d'accord ? Comme ça, on pourra partager la récompense !

Wiglaf hocha la tête. Avec la récompense, il pourrait payer les sept sous d'inscription qu'il devait toujours à l'EMD. Et il pourrait envoyer de l'argent à sa famille, à Pinwick.

Mais surtout, s'il trouvait le trésor, peut-être Mordred cesserait-il de se moquer de lui !

Chapitre deux

– Allez, les gars ! Plus vite !

Le professeur Baudruche, qui assurait l'entraînement des Massacreurs, commença l'échauffement aux aurores le lendemain matin. Sa perruque « coupe-au-bol » volait au vent alors qu'il comptait les pompes.

– Quarante-cinq ! Quarante-six ! Le sport fera de vous des hommes, des vrais, forts et courageux comme moi.

Wiglaf n'avait jamais fait autant de pompes d'affilée. Il avait l'impression qu'il allait s'écrouler.

Mais l'entraîneur continuait à compter.

– Cinquante-trois ! Les pompes, c'est le meilleur moyen de se réchauffer par un petit matin frais, les gars !

Les élèves de l'EMD étaient sortis dans la cour du château avant le lever du soleil, encore tout ensommeillés. Le professeur Baudruche les avait répartis en différents groupes. Lui, il dirigeait les Fins Limiers, l'équipe de Wiglaf, Érica, Angus et les frères Marley : Barley, Charley, Farley et Harley.

Wiglaf glissa un œil vers les quatre frères qui faisaient leurs pompes mollement. Il n'aurait pas su dire qui était qui. Les Marley ne parlaient pas beaucoup mais ils étaient célèbres pour leurs farces. Wiglaf était pratiquement sûr que c'étaient eux qui avaient jeté les bottes de Mordred dans les douves.

– Soixante-quinze ! annonça l'entraîneur.

– Je… n'en… peux… plus, haleta Wiglaf.

– Ce n'est pas si terrible que ça, répliqua Érica qui était juste à côté de lui. Une fois, j'ai fait deux cents pompes d'affilée, et je n'étais même pas essoufflée.

Wiglaf avait du mal à entendre ce qu'elle lui disait parce que les outils pendus à sa ceinture faisaient un boucan terrible. Elle avait commandé tout cet attirail sur le catalogue du fan-club de Messire Lancelot. L'équipement du parfait Massacreur de Dragons était accroché autour de sa taille. Une gourde. Un gobelet télescopique. Des jumelles. Une loupe. Une corde. Un exemplaire miniature du *Guide de Messire Lancelot*. Une mini-torche. Un fagot de brindilles sèches pour allumer les feux. Une épée de secours. Un peigne à poux. Et un cure-dent.

Wiglaf, lui, n'avait qu'une vieille épée rouillée avec son doudou porte-bonheur attaché à la poignée. Mais en la circonstance, alors qu'il en était à sa quatre-vingt-onzième pompe, il était bien content de ne pas être aussi chargé que son amie.

– Où est passé Mordred ? s'étonna Érica.

– Tu sais bien qu'oncle Mordred ne se lève jamais avant midi.

Angus pliait les bras en rythme mais ses genoux touchaient le sol. Cependant, comme c'était le neveu du directeur, le professeur Baudruche faisait mine de ne rien remarquer.

– Cent ! s'écria-t-il. Stop !

Wiglaf s'affala par terre. « Stop ! » C'était le plus beau mot qu'il ait jamais entendu !

– Et maintenant, une série d'abdominaux ! annonça l'entraîneur.

Wiglaf n'en croyait pas ses oreilles. Il voulait les tuer ou quoi ?

Heureusement, juste à ce moment-là, la porte du château s'ouvrit et Mordred sortit en hurlant dans un porte-voix :

– VOTRE ATTENTION, S'IL VOUS PLAÎT !

Tous les élèves se relevèrent.

– Chaque groupe va s'occuper d'un coin de la forêt des Ténèbres. J'ai remis à vos chefs d'équipe des plans où sont indiquées toutes les grottes. Il va falloir les fouiller les unes après les autres, les gars ! Car dans l'une d'elles se cache le trésor !

– On va le trouver ! assura Érica. Faites confiance aux Fins Limiers !

– Naaan ! Aux Bouledogues ! protesta un garçon.

– Non ! C'est les Chiens-loups qui vont gagner !

– N'importe quoi ! Ce sont les Caniches les meilleurs !

– Bravo, les gars ! s'exclama Mordred. Bel esprit de compétition !

Il descendit les marches du perron. Six professeurs stagiaires maigrichons se précipitèrent vers lui, courbés sous le poids d'une énorme chaise à bras. Ils la posèrent pour que le directeur puisse s'y asseoir.

– Ils vont le porter ? s'étonna Wiglaf.

– Tu ne t'imaginais quand même pas qu'oncle Mordred allait nous suivre à pied ? répliqua Angus.

– Et pas de bêtises ! menaça le directeur. Je vais établir mon camp au cœur de la forêt pour vous avoir à l'œil !

À son signal, quatre professeurs stagiaires empoignèrent les bras de la chaise et les autres se chargèrent des bagages de Mordred. Wiglaf aperçut deux ou trois oreillers, des tas de couvertures et un pyjama rouge à pieds.

Twiiiiiiiiiiiiiiiiiiiiiiiiit ! Le directeur donna un coup de sifflet et hop ! ses porteurs démarrèrent tant bien que mal.

Le professeur Baudruche regroupa les Fins Limiers pour le départ. Ils avaient tous de gros sacs à dos. Les frères Marley, qui étaient très costauds, n'avaient aucune difficulté à porter les leurs. En revanche, Wiglaf titubait sous le poids du sien.

En passant sur le pont-levis de l'EMD, il regarda dans les douves. Il revoyait encore Sétha patauger dans l'eau avant de s'enfoncer à jamais en emportant le secret de son or avec elle. Mais, par saint Georges, il allait le trouver, ce trésor !

Les Fins Limiers marchaient au pas. Ils remontèrent le chemin du Chasseur, traversèrent la vallée des Vautours, longèrent le

lac des Sangsues, au pas. Puis ils franchirent la Rivière boueuse, toujours au pas.

– Stop ! annonça enfin le professeur.

Wiglaf s'arrêta. Quel plaisir d'entendre à nouveau ce doux mot : « Stop ! » Il laissa tomber son sac par terre avec joie.

Le professeur sortit sa carte et l'examina durant un long moment.

– Nous sommes au sud de la forêt des Ténèbres, déclara-t-il.

Puis il fronça les sourcils et retourna le plan.

– À moins qu'on soit au nord ?

Wiglaf et Angus regardèrent par-dessus son épaule.

– Nom d'un dragon ! s'exclama Wiglaf. Mais il y a des centaines de grottes sur cette carte !

– On va passer le reste de notre vie dans cette forêt ! gémit son ami. Moi, j'abandonne ! Je rentre !

– Les Fins Limiers n'abandonnent jamais ! protesta Érica.

– Bien dit, Éric ! la félicita le professeur Baudruche. Allez, les gars. Debout !

Alors les Fins Limiers reprirent leurs sacs à dos et repartirent. Les Marley décidèrent de faire le concours du plus gros rot. Wiglaf, qui marchait juste devant eux, se dit qu'ils méritaient tous le premier prix.

– Messire Baudruche ! claironna Érica, j'ai composé un hymne pour les Fins Limiers !

– Bonne idée ! On pourrait le chanter en marchant.

Érica le récita une fois, puis les Fins Limiers l'entonnèrent en chœur. Ils chantaient en rythme en traversant la forêt des Ténèbres au pas, comme des soldats :

Nous sommes les Fins Limiers !
Et c'est nous les plus forts !
Nous sommes les Fins Limiers !
Et on trouvera le trésor !
Nous avançons truffe à terre,
Faites confiance à notre flair !

Nous sommes les Fins Limiers,
Écoutez-nous crier :
OUAIS !

Ils visitèrent une douzaine de grottes dans la matinée. La plupart étaient vides, mais pas toutes. La grotte aux Murs-qui-tremblent abritait une famille d'ours qui ronflait. La grotte des Trous-dans-l'toit était complètement inondée. Et la grotte des Boit-sans-soif était pleine de bouteilles d'hydromel.

Les Marley se précipitèrent sur les bouteilles. Ils les secouèrent au-dessus de leur bouche, espérant récupérer une ou deux gouttes du précieux liquide, mais elles étaient désespérément vides.

– Charley ! cria le professeur. Parley ! Non, Garley ! Enfin, peu importe… Arrêtez ça tout de suite !

Une fois l'ordre revenu dans les rangs des Fins Limiers, ils repartirent en marchant au pas sur le sentier du Serpent.

– Alors, les gars ! Qui va dénicher ce trésor ? demanda le professeur Baudruche.

– Les Fins Limiers ! s'écria Érica.

Wiglaf espérait qu'elle avait raison. Au moins, il ne se serait pas donné toute cette peine pour rien. Son sac lui écrabouillait le dos. Il avait des ampoules sur tous les orteils. Il mourait de faim. Et il avait du mal à suivre Érica.

Dans un virage, il entendit un drôle de grondement.

– C'est ton ventre qui gargouille ? demanda-t-il à son amie.

– Non, je croyais que c'était le tien.

Le grondement était de plus en plus fort.

Et soudain un homme sauvage surgit sous leur nez !

Il avait une épaisse tignasse blanche, la barbe aux genoux, et il fonçait sur eux en brandissant un énorme gourdin !

Chapitre trois

Wiglaf fila se cacher derrière un arbre, les Marley se dissimulèrent derrière un gros rocher et Angus s'abrita derrière Wiglaf. Érica resta courageusement aux côtés du professeur Baudruche.

L'homme sauvage agitait son bâton.

– Attention, danger ! N'entrez pas dans la Grotte maudite !

– *Maudite* ? répéta Wiglaf. Il a bien dit *maudite* ?

– Je crois, répondit Angus à voix basse. Il a raison, pas question que j'entre dans une grotte maudite !

– Attention, danger ! cria de nouveau l'ermite. Passez votre chemin ! N'allez pas fourrer votre nez là-dedans !

– Balivernes ! répliqua le professeur en secouant la tête, ce qui fit glisser sa perruque sur le côté.

– Attendez ! Écoutez mon histoire, supplia l'ermite. C'est une histoire triste. Pas drôle du tout. Une histoire triste à pleurer...

Le professeur s'impatientait.

– Allez-y, mais dépêchez-vous !

– Bon, bon... Par un beau matin d'été... enfin, c'était peut-être un soir d'hiver, je ne sais plus... Bref, sept hommes de la plus grande bravoure m'ont suivi dans la Grotte maudite à la recherche du trésor de Sétha.

– Sétha ? s'exclama Wiglaf. Sétha le dragon ?

– Non, Sétha l'écureuil volant !

L'homme sauvage lui jeta un regard noir.

– Évidemment, Sétha le dragon. Donc nous sommes entrés à huit. Mais je suis le seul à en être sorti vivant. Vivant, certes, mais plus timbré qu'une enveloppe. C'est pour ça qu'on m'appelle Raoul Maboul !

Ça, il était fou, c'était sûr. Mais Wiglaf espérait que ce n'était pas un fou dangereux. Il serra discrètement son doudou porte-bonheur.

– Oh, nous avions bien lu l'avertissement de Sétha, poursuivit Raoul Maboul, mais j'ai tout de même fait entrer mes hommes au fond de la grotte. Par terre, il y avait une pièce d'or. Je l'ai ramassée. Et avant d'avoir pu dire : « La p'tite bête qui monte, qui monte, qui monte… »

Raoul Maboul mimait un petit insecte avec ses doigts.

– Allez, dépêchons, le pressa le professeur Baudruche.

– Bref, avant d'avoir pu dire ça, nous nous sommes retrouvés dans un nuage de fumée. La grotte s'est remplie de gaz mortel. J'avais déclenché un piège fatal ! Mes sept hommes de la plus grande bravoure sont tombés raides morts. Plus morts que morts, même. Et moi ? Je me suis enfui. J'ai couru si vite que j'en ai perdu mon chapeau.

C'était mon chapeau préféré en plus, celui avec une plume de dinde…

– Stop ! le coupa Érica. C'est un ramassis d'idioties !

Wiglaf n'en était pas si sûr. C'est vrai qu'il n'y avait aucune Grotte maudite indiquée sur la carte. Mais c'était tout à fait le genre d'endroit où Sétha aurait caché son or.

– Une plume de dinde rouge et blanche, reprit Raoul Maboul. La plus jolie plume que j'aie jamais vue, nom d'une dinde !

Le professeur Baudruche l'interrompit.

– Ça suffit, Raoul Perd-la-boule ! Laissez-nous passer !

– Raoul *Maboul* ! Et de toute façon, pas question que je vous laisse passer ! Ah, ça non !

Le professeur tira son épée.

– Ah, ah ! s'exclama Raoul Maboul quand la pointe de l'épée lui effleura le bout du nez. En plein dans le mille ! Touché ! Coulé !

Il esquissa quelques pas de danse. Puis il partit sur le sentier du Serpent en chantant : « La p'tite bête qui monte, qui monte, qui monte… et qui redescend, redescend, redescend. » Les Fins Limiers le regardèrent s'enfoncer dans la forêt.

Le professeur rengaina son épée.

– Vous devriez avoir honte de vous être cachés, Fins Limiers ! Il faut affronter le danger ! Suivez l'exemple d'un homme, un vrai, fort et courageux comme moi !

Sur ce, Angus se mit à pleurnicher :

– Naaan ! Moi, je ne veux pas mourir au fond de la Grotte maudite ! Je veux rentrer à l'EMD ! On pourrait y être avant le coucher du soleil.

Le professeur Baudruche lui fit les gros yeux.

– Angus, enfin ! Un Fin Limier n'abandonne jamais ! Allons, au pas et plus vite que ça !

Wiglaf ramassa son sac à dos et se mit en route. En marchant, il repensait à l'histoire que leur avait racontée Raoul Maboul. Il voulait bien farfouiller dans des grottes pleines de bouteilles d'hydromel ou même d'ours, du moment qu'ils étaient endormis. Mais une grotte que l'on appelait « Grotte maudite », ça ne lui disait rien qui vaille. Il espérait que Raoul Maboul avait tout inventé.

En descendant le sentier du Serpent – toujours en marchant au pas –, les Fins Limiers passèrent devant un gros rocher en forme de vache.

Les frères Marley se mirent à meugler :

– Meuh, meuh !

Mais Érica s'arrêta brusquement en pointant le doigt vers le sol.

– Regardez !

Wiglaf baissa les yeux. Au beau milieu du chemin s'étalait une gigantesque empreinte de pas.

– C-c-c'est une empreinte de dragon ? bafouilla Angus.

– Oui, je crois, acquiesça Érica. Mais nous allons vérifier.

Elle décrocha le *Guide de Messire Lancelot* de sa ceinture et le tendit à Wiglaf.

– Lis-moi le chapitre deux : *Comment vérifier que vous êtes bien devant une empreinte de dragon.*

Wiglaf feuilleta les pages du petit livre et lut à haute voix :

– L'empreinte du dragon est énorme. Vraiment énorme.

Érica s'agenouilla pour examiner l'empreinte à la loupe.

– Oui ! Elle est vraiment énorme !

– Les pattes de dragons comportent trois grands orteils. Il en va de même pour leurs empreintes.

Érica compta soigneusement.

– Un, deux, trois. Oui, c'est ça !

– Au bout de chaque empreinte d'orteil, on trouve une marque plus profonde faite par les griffes du dragon.

Érica approcha sa loupe de l'extrémité d'un orteil et sauta de joie en criant :

– Oui ! C'est bien une empreinte de dragon !

– Ouh là ! Alors on s'en va ! hurla Angus.

Wiglaf, lui, se demandait quel dragon avait pu faire cette empreinte. Sétha ?

Érica appela le professeur Baudruche qui les rejoignit au pas de course. En découvrant l'empreinte, il ne put retenir un juron.

– Nom d'un dragon !

– C'est une empreinte de dragon, en effet, Messire, déclara Érica. Nous avons vérifié.

– Et regardez ! s'écria Wiglaf. Il y en a une autre ! Et encore une autre ! Elles s'enfoncent dans la forêt.

– Truffes à terre, Fins Limiers ! ordonna le professeur. Nous allons suivre cette piste. Car c'est celle de Sétha, pas de doute. Et elle va nous mener droit à son trésor.

Le professeur Baudruche s'enfonça donc dans la forêt des Ténèbres. Et les Fins Limiers lui emboîtèrent le pas.

Wiglaf avait du mal à suivre. Il prenait toutes les branches dans la figure. Les ronces s'accrochaient à ses chausses. Il avait un nombre incalculable d'ampoules. Et les Marley avaient recommencé leur concours de rots.

Angus lui tendit une barre aux céréales Crocaudur.

– Tiens, c'est bon pour le moral.

– Merci, murmura Wiglaf.

En fait, pour le moral, ce n'était pas terrible, mais, en revanche, qu'est-ce que ça donnait soif !

Les Fins Limiers marchaient, marchaient, marchaient toujours. Les empreintes de dragon les menèrent jusqu'à une rivière large et profonde, qui sentait le poisson pourri. La vase épaisse qui recouvrait la surface de l'eau rappelait quelque chose à Wiglaf… mais il ne savait pas quoi.

– C'est… soit la rivière aux Eaux claires, annonça le professeur, soit…

Il retourna la carte.

– … soit la rivière aux Eaux puantes.

Wiglaf avait sa petite idée sur la question. Et il venait de comprendre ce que l'eau verte et croupie lui rappelait : la soupe aux choux de sa mère !

Érica décrocha ses jumelles de sa ceinture pour regarder au loin.

– Je vois des empreintes de dragon sur l'autre rive, Messire.

– Alors traversons, les gars, traversons ! décida le professeur.

– Naaan ! On ne va pas nager dans ce truc immonde ! gémit Angus.

Les frères Marley avaient arrêté de roter et ils commençaient à râler.

– Enfin, vous n'êtes pas des fillettes ! répliqua le professeur. Il n'y a pas de pont, on n'a pas le choix. Comportez-vous en hommes, en vrais, soyez forts et courageux comme moi ! Allez, suivez-moi et plus vite que ça !

Mais heureusement Érica avait une idée.

– Messire ? Je crois qu'il y a un autre moyen.

Elle détacha la corde de sa ceinture et en envoya un bout de l'autre côté de la rivière, autour d'une branche d'arbre. Elle rattrapa la corde et fit une boucle qu'elle serra bien fort. Puis elle termina par un gros nœud.

– Et voilà ! On peut jouer à Tarzan !

Wiglaf sourit. Il avait traversé la rivière de Pinwick en se balançant au bout d'une corde des centaines de fois.

– Je passe en premier, décida Érica.

Elle recula. Les outils pendus à sa ceinture cliquetèrent tandis qu'elle courait pour prendre son élan. Les pieds bien calés sur le nœud, elle traversa la rivière et atterrit sur l'autre rive sans problème.

Le professeur Baudruche la félicita :

– Bien joué, Éric !

Érica rosit de fierté. Et en renvoyant la corde, elle demanda :

– À qui le tour, maintenant ?

Le professeur l'attrapa et traversa.

Ensuite ce fut Charley Marley, puis Barley et Farley. Harley traversa en rotant et lança la corde à Angus.

Coach

– Oh, Wiglaf ! J'ai trop peur ! murmura celui-ci.

Il prit plusieurs faux départs puis finit par sauter sur le nœud. Wiglaf tira la corde en arrière et le poussa vigoureusement.

Angus vola jusqu'à l'autre rive.

– Waouh ! s'écria-t-il. Les doigts dans le nez !

Il renvoya la corde à son ami.

Wiglaf l'attrapa. Il recula. Prit son élan et sauta par-dessus la rivière.

C'était exactement comme à Pinwick, sauf que, là-bas, il n'avait pas un énorme sac sur le dos. Wiglaf sentit la corde glisser entre ses doigts.

Non ! Non ! Il allait lâcher prise…

… il allait tomber dans la vase !

Chapitre quatre

Aaaaaaaaaah ! hurla Wiglaf en plongeant droit dans la rivière aux Eaux puantes.

Elle portait vraiment bien son nom. Elle avait exactement la même odeur que la soupe aux choux de sa mère. La vase verte et gluante lui rentra dans les yeux. Dans le nez. Dans la bouche. Beurk !

Sur le rivage, les Marley s'étranglaient de rire.

– Wiggie ! Ça va ? s'inquiéta Érica.

– Surtout n'avale pas ! lui conseilla Angus. Ce doit être un vrai poison, cette eau !

Wiglaf recracha l'eau croupie en toussant.

Il s'accrocha à la longue branche que le professeur Baudruche lui tendait et regagna la rive tant bien que mal.

Les frères Marley se roulèrent par terre en le voyant sortir de l'eau. Il était vert de la tête aux pieds, il dégoulinait de vase et il dégageait une de ces odeurs… !

– Arrêtez de vous moquer de lui ! gronda Érica. Ce n'est pas drôle.

Elle se tourna vers Wiglaf et plaqua sa main sur sa bouche pour se retenir de rire.

– Enfin, si… peut-être un peu…

Angus, lui non plus, ne put s'empêcher de sourire.

« Génial, se dit Wiglaf. Même mes amis se moquent de moi, maintenant ! »

Il détacha son doudou porte-bonheur de son épée pour l'essorer, il s'en servit pour s'essuyer le visage et les bras, se sécha les cheveux puis essaya d'absorber la vase verte et visqueuse qui collait à ses vêtements.

Le professeur lui donna une grande tape dans le dos.

– Allez, en avant, maintenant ! Tu vas repartir comme un homme, un vrai. Hein, mon p'tit gars ?

Wiglaf hocha la tête.

– Ouais.

Il était trempé jusqu'aux os et tout poisseux, mais ce n'était pas une mauviette. Il était toujours déterminé à trouver l'or de Sétha.

– Passe en premier, Éric, décréta le professeur.

Érica sourit et claironna :

– Fins Limiers, tous derrière moi. Au pas, et plus vite que ça !

Les Fins Limiers se mirent en marche. Les empreintes de dragon les menèrent jusqu'à une route. (C'était justement la route que Wiglaf avait prise pour aller de chez ses parents à l'EMD.) Puis la piste s'enfonça de nouveau dans la forêt.

Le soleil commençait à décliner dans le ciel, mais les Fins Limiers suivaient toujours les traces du dragon.

Soudain, Érica s'arrêta net.

– Continue, Éric, ordonna le professeur. Il y a d'autres empreintes par là-bas.

– Mais on les a déjà vues ! protesta Érica. On est revenus sur le sentier du Serpent ! Vous voyez ? Les empreintes nous ont ramenés sur nos pas !

– Arrêêête ! gémit Angus. Ce n'est pas drôle du tout !

– Mais je ne plaisante pas, je te jure, répliqua Érica. Voilà le rocher en forme de vache. Et là, la première empreinte que nous avons trouvée !

Wiglaf réalisa qu'elle avait raison.

– Oh, nom d'un dragon plein de puces !

– Bougre de dragon plein de poux, tu veux dire ! soupira Angus.

Les Marley, eux, n'avaient pas l'air de s'en faire. Ils étaient en train de trifouiller dans une fourmilière avec des bâtons.

– Mais comment est-ce possible ? s'étonna le professeur Baudruche.

Il ressortit la carte de sa tunique et la retourna dans tous les sens. Puis il repoussa sa perruque en arrière pour se gratter le crâne d'un air perplexe.

Wiglaf s'affala contre le rocher en forme de vache. Il avait envie de pleurer. Il était gelé, il avait les pieds en compote, il sentait le poisson pourri. Et tout ça pour rien !

Il se laissa tomber par terre. Et c'est là qu'il remarqua de drôles de marques sur la pierre. Il plissa les yeux pour mieux voir. C'étaient des lettres !

– Messire Baudruche ! Venez vite !

Le professeur accourut, suivi des autres Fins Limiers. Érica alluma sa mini-torche en frottant deux cailloux l'un contre l'autre.

Dans la pierre, on avait gravé ces mots à la griffe de dragon :

VOUS AVEZ SUIVI MES EMPREINTES
DOMMAGE, C'ÉTAIT UNE FEINTE !

AVANT DE TROUVER MON TRÉSOR,
IL FAUT FAIRE UN PEU DE SPORT !
JAMAIS VOUS NE TROUVEREZ
MA CACHETTE,
PAUVRES MAUVIETTES !
CAR LES DRAGONS VOLENT
ET PAS VOUS, C'EST PAS DE BOL !
Signé : SÉTHA VON FLAMBÉ
P.-S. : SOYEZ MALINS,
REBROUSSEZ CHEMIN !

– Et si on suivait son conseil ? proposa Angus. Allez, on rentre !

– Pas question ! rugit Érica. Même morte, Sétha nous fait tourner en bourrique ! Ça me donne encore plus envie de trouver son trésor !

Wiglaf donna un coup de pied rageur dans le rocher en forme de vache. Pourquoi les Fins Limiers ne pourraient-ils pas faire une exception – juste cette fois – et laisser tomber ? Mais le professeur avait d'autres idées en tête.

– Nous allons installer notre camp ici. Le sol est dur et plein de cailloux, mais un homme, un vrai, peut dormir n'importe où !

Les Fins Limiers sortirent leurs sacs de couchage tandis que le professeur commençait à monter sa tente.

Harley Marley prit alors la parole :

– Messire Baudruche ?

Wiglaf n'en revenait pas. Il avait déjà entendu les Marley roter, il les avait entendus rire, brailler, meugler comme des vaches, mais c'était la première fois qu'il en entendait un parler.

– Oui ? Qu'y a-t-il ? répondit le professeur.

– On va s'occuper de votre tente, déclara Harley.

Les trois autres Marley acquiescèrent.

Harley et Farley déplièrent la toile de tente pendant que Charley et Barley enfonçaient les piquets. Wiglaf les regardait faire, les yeux écarquillés.

Quand le campement fut installé, les Fins Limiers allumèrent un feu. Le professeur Baudruche leur distribua des sandwiches.

– Qu'est-ce que c'est que ça ? demanda Angus en découvrant le sien. On a des sandwiches pain rassis-fromage moisi !

Le professeur examina les autres casse-croûte.

– Non, il y aussi pain mou-fromage puant, si tu préfères.

Wiglaf étendit son sac de couchage trempé près du feu pour le faire sécher. Puis il embrocha son sandwich sur un bâton et le fit griller au-dessus des flammes.

Ça ne changeait pas le goût, mais au moins, ça allait le réchauffer.

Érica versa du cidre dans son gobelet télescopique et les autres burent au goulot chacun leur tour. Wiglaf espérait que ce n'était pas le cidre où on avait retrouvé le dentier de Messire Mortimer.

– Allez, au lit, les Fins Limiers ! dit le

professeur après le dîner. Je vais vous raconter une histoire de fantôme.

Wiglaf se glissa dans son sac de couchage. Il sentait encore le poisson, mais il était presque sec.

– Il était une fois un bourreau, commença le professeur. Toutes les nuits, quand sonnaient les douze coups de minuit, il prenait sa hache et s'en allait trancher la tête de quelqu'un. Comme il portait toujours un capuchon noir, personne ne savait à quoi il ressemblait.

– Arrêtez, Messire ! supplia Angus. Ça fait trop peur !

– Tu n'as qu'à te boucher les oreilles, Angus, répliqua Érica. Nous, on veut savoir la suite.

Wiglaf n'était pas aussi enthousiaste. Une histoire de têtes coupées, ça ne pouvait être que sanglant. Et rien qu'à la pensée d'une goutte de sang, il avait l'estomac retourné.

– Le bourreau, poursuivit le professeur, traversait la forêt des Ténèbres avec sa hache. En chemin, il chantait :

Si un jour vous m'entendez,
C'est que vous allez y passer !
À minuit pile, hop ! d'un coup,
Je vous trancherai le cou !
Quand je vous mettrai six pieds
sous terre,
Vous ferez le régal des vers de terre ;
Grouillant, rampant et gigotant,
Ils vous dévoreront à pleines dents !
Tout ce qu'il restera de vous, mes beaux,
Ce seront vos jolis p'tits os !

Wiglaf avait bien envie de se boucher les oreilles, car il ne voulait pas en entendre davantage. Mais le professeur continua son histoire :

– Le bourreau trancha des centaines et des centaines de têtes. Mais un beau jour…

Il s'interrompit et prit un air mystérieux.

– Un beau jour quoi ? s'impatienta Érica.

– Un beau jour, le bourreau donna un coup de hache trop fort… et il se coupa la tête. Sa propre tête !

Beurk ! C'était à vomir ! Wiglaf plaqua la main sur sa bouche.

– La tête du bourreau dévala la colline, tomba dans le lac Sans Fond et coula à pic jusqu'au fond.

– C'est bien fait ! s'exclama Angus. Je suis bien content qu'il soit mort.

– Oh oui, il est bel et bien mort, reprit le professeur. Mais maintenant, son fantôme hante la forêt des Ténèbres. Il cherche des têtes à couper pour remplacer la sienne.

Angus se mit à claquer des dents, terrifié. Wiglaf serra son doudou porte-bonheur dans sa main.

– Maintenant, chaque nuit, au douzième coup de minuit, le fantôme traverse la forêt. Alors attention, mes p'tits gars. Si vous entendez chanter : *À minuit pile, hop ! d'un coup, je vous trancherai le cou !*, c'est le bourreau sans tête qui vient vous voler la vôtre !

Chapitre cinq

– Je ne vais jamais arriver à dormir, chuchota Angus.

– Quelle poule mouillée ! se moqua Érica.

Mais Wiglaf eut l'impression que sa voix tremblait un peu.

– Peut-être que l'histoire ne parlait pas de cette forêt-ci… Peut-être qu'il existe une autre forêt des Ténèbres.

Angus essayait de se rassurer.

– Peut-être, répondit Wiglaf.

Mais il lui semblait bien que la forêt où ils campaient était la seule et unique forêt des Ténèbres.

Tout à coup, il entendit un drôle de bruit. Puis un autre ! Il s'assit dans son sac de couchage, le cœur battant. Mais ce n'était que les frères Marley qui s'amusaient à cracher dans le feu.

– Messire, je n'arrive pas à dormir, se plaignit Angus. J'ai peur du fantôme.

– Balivernes ! répliqua le professeur Baudruche. Je vous ai raconté cette histoire pour vous endurcir. Pour faire de vous des hommes, des vrais, forts et courageux comme moi !

Il se leva.

– Je vais me coucher. Bonne nuit !

– Bonne nuit, Messire ! répondit Érica.

– Faites de beaux rêves ! ajouta Harley Marley.

Et les quatre frères éclatèrent de rire.

« Qu'est-ce qui leur prend ? » se demanda Wiglaf.

Le professeur se baissa pour entrer dans sa tente et la referma derrière lui. Il fredonnait une marche militaire en se préparant pour la nuit.

Wiglaf ferma les yeux. Il entendait les hiboux hululer. Les criquets criqueter. Les frères Marley émettre de drôles de bruits dégoûtants. Et soudain, il entendit un cri strident, à vous glacer le sang. Il ouvrit brusquement les yeux et vit le professeur sortir comme un fou de sa tente, emmitouflé dans son duvet. Il sautait dans tous les sens en hurlant.

– Le bourreau sans tête est venu le chercher ! s'écria Angus.

Et il disparut au fond de son sac de couchage.

– Au secours ! Au secours ! braillait le professeur. Non, ne me touchez pas !

Les frères Marley se roulaient par terre à force de rire.

Le professeur continuait à faire des bonds dans son sac de couchage quand tout à coup… BONG ! Il se cogna la tête à une branche basse. Son bonnet de nuit et sa perruque restèrent accrochés à l'arbre tandis qu'il s'écroulait par terre.

Wiglaf sauta sur ses pieds et, oubliant sa peur, il courut au secours de son professeur.

– Messire ? Vous m'entendez ?

Le professeur ne répondit pas. Il était complètement K-O.

Érica se pencha pour lui tapoter la joue.

– Messire, Messire, réveillez-vous !

Les Marley n'en pouvaient plus de rire. Ils s'étouffaient avec des grognements de cochons.

Enfin, Angus s'extirpa de son duvet et s'approcha avec précaution du professeur. Il le poussa du bout du pied.

Mais le professeur Baudruche ne bougeait toujours pas. Il ne réagit même pas quand Wiglaf lui remit sa perruque sur le crâne.

– Qu'est-ce qui a bien pu lui faire aussi peur ? se demandait Érica.

Et, en guise de réponse, un bruit lui parvint de la tente du professeur : croac, croac !

Wiglaf et les autres virent une dizaine de grenouilles sortir de la tente. Croac ! Elles coassaient en s'éloignant à petits bonds.

Les Marley hoquetaient toujours de rire.

Et soudain, Wiglaf comprit pourquoi les quatre frères s'étaient proposés pour aider le professeur. C'étaient eux qui avaient mis les grenouilles à l'intérieur de la tente.

– Pour un homme fort et courageux, il a drôlement peur des grenouilles, remarqua Angus.

Érica aspergea le professeur avec l'eau fraîche de sa gourde. Enfin, il ouvrit les yeux. Il s'assit avec un étrange sourire.

– Salut ! Qui êtes-vous, les gars ?

– Les Fins Limiers, répondit Érica.

– Vous n'avez pourtant pas l'air de gentils toutous ! gloussa le professeur.

– Oh, oh ! fit Angus.

– Messire, vous vous rappelez votre nom ? l'interrogea Érica.

Le sourire stupide réapparut sur les lèvres du professeur Baudruche.

– Euh… je suis… Blanche-Neige, c'est ça ?

– Allez, je vous laisse une deuxième chance, dit Érica.

– Je sais ! s'exclama le professeur. Je suis la reine d'Angleterre !

– Il a un gros problème, conclut Érica. Mais je ne vois pas comment l'aider, même avec tous les outils que j'ai sur ma ceinture.

– Il faut qu'on le ramène à l'EMD, affirma Wiglaf.

– Je l'accompagne ! s'écria Angus en sautant sur ses pieds. Je ferais n'importe quoi pour sortir de cette forêt !

Mais Harley prit la parole :

– On va l'emmener, nous.

Ses frères hochèrent la tête.

Wiglaf ne pensait pas que ce soit une très bonne idée, mais il n'avait aucune envie de discuter avec les quatre géants Marley.

Barley et Charley croisèrent leurs bras en un siège improvisé. Le professeur tituba jusqu'à eux et s'assit. Alors les Marley le soulevèrent et ils se mirent en route pour l'EMD.

Les autres les regardèrent s'éloigner.

– Adieu, mes petits agneaux ! s'écria le professeur en leur lançant des baisers. *Il était une bergère, et ron et ron petit patapon ! Il était une bergère, qui gardait ses moutons ! Qui gardait ses moutons ! Qui gardait ses moutons !*

– Bon, il ne reste plus que nous trois désormais, dit Érica aux deux autres. Il faut qu'on trouve le trésor de Sétha pour ce pauvre vieux professeur Baudruche. Comme ça, il sera fier de nous. Car qui sont les meilleurs ?

– Aucune idée. C'est qui ? demanda Angus.

– Les Fins Limiers ! s'exclama Érica.

Ils installèrent leurs sacs de couchage dans la tente du professeur et ils se glissèrent à l'intérieur, blottis les uns contre les autres.

Wiglaf détacha son doudou porte-bonheur de la poignée de son épée, ferma les yeux en le serrant bien fort dans sa main, puis il se mit à compter les licornes, et au bout d'environ deux cents, il finit par s'endormir.

Au beau milieu de la nuit, Wiglaf se réveilla en sursaut. Qu'est-ce qui avait bien pu le tirer de son sommeil ? Il tendit l'oreille et il entendit une drôle de voix haut perchée qui chantait.

Ses cheveux se dressèrent sur sa tête. Il serra plus fort son doudou porte-bonheur. « Oh, non ! Faites que ce ne soit pas le fantôme du bourreau ! Pitié ! Pas le fantôme ! » se répétait-il en tremblant.

La chanson résonnait de plus en plus fort. Le bourreau se rapprochait !

– Vous n'entendez pas quelqu'un chanter ? chuchota Wiglaf.

– Hein ? Quoi ? bafouilla Angus, à demi endormi.

– Si, moi, j'entends, confirma Érica.

Elle n'avait pas l'air rassurée.

La voix était si près que, maintenant, ils comprenaient les paroles de la chanson :

Vous ferez l'régal des vers de terre ;
Grouillant, rampant et gigotant,
Ils vous dévoreront à pleines dents !

– C’est le bourreau sans tête ! s’exclama Angus.

Wiglaf se glissa hors de son duvet et s’approcha de l’entrée de la tente sur la pointe des pieds. Il jeta un œil dehors. On n’y voyait goutte. Mais par contre, on entendait très bien :

Tout ce qu’il restera de vous, mes beaux,
Ce seront vos jolis p’tits os !

Érica se mit à farfouiller parmi les outils de sa ceinture.

– Je dois bien avoir un ustensile pour éloigner les fantômes dans tout ça, murmura-t-elle.

Angus rejoignit Wiglaf en rampant et il risqua à son tour un œil hors de la tente.

– Je le vois ! s’écria-t-il en pointant un doigt tremblant.

Wiglaf distingua une vague silhouette.

– Ça ne peut pas être le fantôme du bourreau sans tête, remarqua-t-il. Il est bien trop petit !

– Toi aussi, tu serais drôlement petit si tu n’avais plus de tête, répliqua Érica. Allez, appelle-le, Wiggie. Prends une voix assurée. Peut-être qu'il ne nous veut pas de mal.

Wiglaf respira bien fort et il réussit à articuler :

– Qui… qui-qui… qui va là ?

– C'est moi ! répondit la silhouette.

– Moi qui ?

– Moi, Dudwin !

Wiglaf sortit aussitôt la tête de la tente.

– Dudwin ? Dudwin de Pinwick ?

– En chair et en os.

– Qui est-ce, Wiglaf ? chuchota Érica. Qu'est-ce qui se passe ?

– Il vient nous couper la tête ? s'inquiéta Angus.

– Non, ce n'est pas le fantôme. C'est mon petit frère, Dudwin !

Chapitre six

Wiglaf se rua hors de la tente et courut à la rencontre d'un solide garçon de sept ans.

– Dudwin, c'est toi ! s'exclama Wiglaf.

Il remarqua que son petit frère avait grandi et que désormais, hélas, il le dépassait !

Érica alluma sa mini-torche et la dirigea vers Dudwin. Il avait un visage rond encadré de cheveux blonds. Sa tunique moulait son ventre rondouillard et il portait des chausses marron un peu trop larges.

– Salut, Wiggie !

Dudwin sourit. Il lui manquait une dent de devant. Il ouvrit les bras et serra son frère de toutes ses forces.

– Hé, ho, doucement, Dudwin ! protesta Wiglaf.

Son frère le relâcha en constatant :

– Tu sens le poisson, Wiggie.

Wiglaf s'empressa de changer de sujet.

– Qu'est-ce que tu viens faire dans le coin, Dud ?

– J'étais en route pour ton école. C'est père qui m'envoie. Il veut que je lui rapporte tout l'or que tu as trouvé.

– Oh, génial ! marmonna Wiglaf entre ses dents.

– Pourquoi chantais-tu cette chanson, Dudwin ? s'enquit Érica.

– Parce que je l'aime bien. Et il y en a une autre que j'adore, c'est *Espèce de gros tas de graisse, je vais te botter les fesses*. Tiens, au fait, Wiglaf, en parlant de graisse…

Dudwin tira une grosse gourde de son sac.

– Mère m'a donné de sa fameuse soupe aux choux pour toi.

– Nom d'un dragon malade ! soupira Wiglaf. Et moi qui espérais ne plus jamais avaler une goutte de cette soupe !

– J'adore la soupe aux choux ! s'exclama Angus. Si tu n'en veux pas, moi, je vais la manger.

Il prit la gourde des mains de Dudwin et ôta le bouchon pour renifler le contenu.

– Pouououh ! Ta mère essaye de t'empoisonner ou quoi, Wiglaf ?

– Parfois, je me le demande. Mais c'était gentil de sa part de penser à moi.

Il s'empara de la gourde, la reboucha et la rendit à Dudwin.

– Tiens, garde-la-moi, Dud.

Ils retournèrent au campement. Comme le soleil se levait, ce n'était plus la peine d'essayer de dormir. Érica alluma un feu en frottant deux morceaux de bois sec et les autres s'assirent tous autour pour se réchauffer les mains.

Wiglaf se demandait toujours comment annoncer la mauvaise nouvelle à son frère.

– Dudwin, finit-il par dire, tu vas devoir rentrer à la maison les mains vides. Je n'ai pas encore d'or.

Dudwin fronça les sourcils.

– Père ne va pas être content.

– Non, mais il sera content quand tu lui diras que je suis devenu un Massacreur de Dragons !

– Ah, ouais ?

Il éclata de rire et donna une grande tape dans le dos de son frère.

– Tu parles, Wiggie !

– J'ai tué deux dragons de mes mains, répliqua Wiglaf. Enfin, presque de mes mains.

– Arrêêêête, Wiggie ! gloussa Dudwin.

– C'est vrai, intervint Angus.

– Vrai de vrai ? s'étonna Dudwin.

Érica hocha la tête.

– Avec mon aide, bien sûr.

– Mais Wiggie ne supporte pas la vue du sang ! protesta Dudwin. À la maison, il n'osait même pas écraser les mouches. Un jour, il s'est fait une petite égratignure et il s'est évanoui. Il n'aurait jamais…

– Ça suffit ! le coupa Wiglaf. Tu vas rentrer à la maison après le petit déjeuner, Dudwin. Et tu diras à père que, quand j'aurai de l'or, je le lui apporterai moi-même.

– Mais il croit que je suis parti pour une semaine. Je ne veux pas rentrer tout de suite !

– Tu n'as pas le choix. Nous sommes sur la trace d'un trésor de dragon. On n'a pas besoin de toi dans nos pattes.

– Mais je pourrais vous aider ! affirma Dudwin. Je suis doué pour dénicher les trésors. J'en ai trouvé des tas sur le chemin.

Il vida ses poches.

– Regardez ! J'ai même dégotté un diamant.

– C'est du quartz, Dudwin, soupira Wiglaf.

Dudwin ignora son frère.

– Et j'ai aussi un éperon perdu par un chevalier, poursuivit-il.

– Ce n'est qu'une pomme de pin !

– Et voici le clou de mon trésor : la pointe d'un bâton de sorcier !

– Ce n'est qu'une brindille, Dud ! rugit Wiglaf.

Érica éclata de rire.

– Arrête de jouer les rabat-joie, Wiglaf. Ton frère a de magnifiques trésors.

Dudwin sourit.

– Ouais, t'es qu'un rabat-joie, Wiggie.

Wiglaf secoua la tête en soupirant.

– Allez, laisse-le rester, Wiglaf, l'encouragea Angus. Ton frère pourrait être un apprenti Fin Limier.

– Ouais ! Trop fort ! s'exclama l'intéressé.

– Quand on aura trouvé l'or de Sétha, il pourra tout de suite en ramener un peu à ton père, remarqua Érica.

– Oui, oui, c'est vrai !

– Et puis quatre Fins Limiers valent mieux que trois, renchérit Angus. Dudwin pourra nous aider à porter notre équipement.

Wiglaf se laissa convaincre par ce dernier argument.

– O.K., Dud, dit-il à son petit frère. Tu peux rester.

Après le petit déjeuner, Érica donna le signal du départ.

– En route, Fins Limiers !

– Attendez ! protesta Dudwin. Je viens de voir un chapeau de lutin.

Et il fila ramasser une cupule de gland.

Érica l'attendit en tapant du pied. Enfin, ils se mirent en route.

Wiglaf marchait derrière Dudwin. Au fond, il était fier que son frère soit venu avec eux. C'est vrai qu'il pouvait parfois être pénible, mais il avait aussi de bons côtés. Après tout, il s'était chargé d'un gros paquetage. Comme ça, le sac de Wiglaf était moins lourd.

Ce matin-là, les Fins Limiers cherchèrent le trésor de Sétha dans la grotte Pleine-de-chauves-souris. Ils visitèrent la grotte Bourrée-d'araignées, et firent un tour (rapide) dans la grotte Remplie-de-sangsues.

Ils inspectèrent grotte après grotte mais ils ressortaient à chaque fois les mains vides.

Sauf Dudwin.

– Trop fort ! s'exclama-t-il en sortant de la grotte Qui-glisse. J'ai trouvé une dent de bébé dragon !

– C'est un vulgaire caillou, Dud, répliqua Wiglaf.

– Oooh, voilà un beau trésor ! s'écria Dudwin dans la grotte Qui-colle. Un gobelet de roi !

– Dudwin ! protesta Érica en le lui arrachant des mains. Tu l'as décroché de ma ceinture !

Elle marchait en tête et conduisait la petite troupe de grotte en grotte. À force de marcher, les Fins Limiers transpiraient à grosses gouttes. Et ils faisaient le régal des moustiques.

Alors qu'ils allaient traverser le pont de la Tremblote, Angus proposa :

– Et si on s'arrêtait pour piquer une tête dans la rivière ?

– Les Fins Limiers ne s'arrêtent jamais ! répliqua Érica.

Mais au beau milieu du pont, elle pila net. Et Wiglaf vit tout de suite pourquoi.

Un gros bras poilu armé d'un énorme gourdin venait de surgir de sous le pont.

– Aaaargh ! s'écria Angus. Un troll !

– Bien vu ! répondit la créature hideuse en se hissant près d'eux. Je suis un troll et vous êtes sur mon pont.

Il les dévisagea l'un après l'autre puis il rugit :

– Qui veut se faire manger en premier ?

Aucun des Fins Limiers ne se dévoua. Pas même Érica.

– Allez, j'en veux un qui avance d'un pas. Si je vous mange tous en même temps, je vais avoir une indigestion !

Aucun des Fins Limiers ne fit un pas en avant.

– Tu sais que tu es vraiment moche, le troll ! cria Dudwin.

Wiglaf lui plaqua la main sur la bouche.

– Chut, Dudwin !

Érica dégaina son épée.

– Arrière, le troll !

– Et tu crois que ton cure-dent va me faire reculer ?

D'un coup de gourdin, le troll envoya l'épée dans la rivière.

– Misère de misère ! gémit Érica. C'était la réplique parfaite de l'épée de Messire Lancelot !

Le troll fut secoué d'un gros rire. Il tendit le bras, empoigna Angus et le porta à sa bouche.

– Non ! Ne me mangez pas ou vous aurez une terrible indigestion !

Dudwin essaya de détourner l'attention du monstre en criant :

– Hé, face de troll !

– Tais-toi, Dud ! chuchota Wiglaf.

Mais son frère l'ignora et il poursuivit :

– J'ai quelque chose de bien meilleur à manger que lui !

– C'est quoi ? grogna le troll.

– De la soupe aux choux.

Le troll fixa Dudwin en fronçant les sourcils.

– Faite maison ?

Dudwin hocha la tête.

– Par ma propre mère.

– Par ici, la bonne soupe ! ordonna le troll.

Dudwin tira la gourde de son sac.

– Ne fais pas ça, Dud ! supplia Wiglaf. Cette soupe immonde va vraiment le mettre de mauvaise humeur !

Mais Dudwin s'approcha courageusement du troll. Il déboucha la gourde, laissant échapper une odeur atroce. Et d'un geste vif, il lui envoya une giclée de soupe en pleine figure.

Ses yeux s'élargirent de surprise. Il sortit la langue pour se lécher le visage.

– Mmmmmm ! gronda-t-il.

Wiglaf n'en revenait pas.

– Vous trouvez ça bon ? s'étonna-t-il.

– Ce n'est pas bon, c'est dé-li-cieux ! s'exclama le troll en relâchant Angus. Je vous mangerai plus tard, les gars. Pour le moment, je veux encore de la soupe.

– Pas de problème !

Dudwin lui lança la gourde.

Tandis que le troll la vidait goulûment, les Fins Limiers traversèrent le pont à toute vitesse. Ils continuèrent à courir jusqu'à ce que le monstre fût loin derrière. Puis ils s'écroulèrent, à bout de souffle.

– Bien joué, Dudwin ! le félicita Érica.

– Ouais, bravo, renchérit Angus. Tu es sacrément courageux !

– Oh, tu sais, tous mes frères sont largement plus méchants que ce troll, à part Wiglaf, bien sûr.

Wiglaf donna une petite tape dans le dos de son frère. Il était fier de lui, mais en même temps il avait un peu honte. Son petit frère était plus grand que lui. Son petit frère portait un sac plus lourd. Et voilà que son petit frère venait de les sauver du troll. Il se sentait minable à côté de lui.

Pendant qu'Angus se remettait d'être passé si près de la mort, Dudwin s'éloigna du groupe. Il resta parti un long moment. Wiglaf commençait à s'inquiéter quand il revint en courant.

– Éric ! cria-t-il. Regarde ce que j'ai trouvé !

– Chuut ! répliqua Érica. Je suis en train d'étudier la carte.

Dudwin s'approcha d'Angus en demandant :

– T'as vu ça ?

– Laisse-moi tranquille, Dudwin. J'ai besoin de repos après ce que je viens de subir.

Dudwin se tourna alors vers son frère.

– Wiggie ?

Wiglaf soupira.

– Qu'est-ce que tu as encore déniché, Dud ?

Son frère lui tendit sa paume ouverte.

– Nom d'un dragon plein d'or ! s'exclama Wiglaf.

En effet, dans la main potelée de Dudwin se trouvaient deux pièces d'or.

Chapitre sept

Des pièces d'or ! s'écria Wiglaf. Où as-tu trouvé ça, Dudwin ?

– De l'or ? s'exclama Érica. Tu as bien dit de l'or ?

Angus et elle accoururent précipitamment.

– Je les ai trouvées..., commença Dudwin, tout fier.

Puis il s'arrêta brusquement. Son visage prit une expression étrange. Et il décréta :

– Je vous l'dirai pas, na !

– Quoi ! ? ! s'égosilla Érica. Mais pourquoi ?

– Parce que vous n'arrêtez pas de vous moquer de mes trésors.

Érica commençait vraiment à s'énerver.

– Ça suffit, Dudwin. Sétha a dû semer les pièces sur le chemin de sa cachette. Montre-nous où tu les as trouvées. La Grotte maudite ne doit pas être loin. Allez, Dud !

Mais Dudwin se contenta de secouer la tête d'un air buté.

Alors, Érica prit Angus et Wiglaf à part. Elle se mit à parler à voix basse pour que Dudwin ne puisse pas les entendre.

– C'est ton frère, Wiglaf. Il faut que tu le forces à parler.

Il haussa les épaules.

– Et comment ? Tu veux que je le torture ?

– S'il le faut.

Wiglaf avait vraiment envie de découvrir ce trésor. Car ainsi il ne renverrait pas son frère chez lui les mains vides. Et puis Mordred arrêterait sûrement de se moquer de lui. Il fallait qu'il arrive à faire dire à Dudwin où il avait trouvé les pièces ! Il se creusa la tête un moment, puis finalement, il déclara :

– Mon frère est têtu. On n'arrivera pas à le raisonner mais, par contre, on pourrait essayer de lui proposer un de tes outils en échange, Érica.

Elle écarquilla les yeux.

– Mais j'ai économisé pendant six mois pour acheter cette ceinture ! Pourquoi ce serait à moi de me sacrifier ?

– Parce que tu es la seule à posséder quelque chose à troquer, souligna Angus.

Alors ils retournèrent voir Dudwin.

– Écoute, Dud, commença Érica. Si tu nous montres où tu as trouvé les pièces, je te donnerai un outil de ma ceinture de Messire Lancelot.

– Trop fort ! s'exclama-t-il. Lequel ?

– Euh… le cure-dent.

Dudwin secoua la tête.

– Le peigne à poux ?

– Pas question.

Érica soupira.

– Lequel tu veux ?

– La torche, répondit-il avec un grand sourire.

– Quoi ? ! ? Mais c'est mon meilleur outil !

Dudwin fit sauter les pièces dans sa paume.

Érica détacha la torche de sa ceinture et lui tendit à contrecœur.

– Trop fort ! s'écria Dudwin. Maintenant je vais pouvoir dénicher des trésors dans le noir !

– Assez bavardé, le coupa Érica. Montre-nous où tu as trouvé les pièces.

Dudwin les guida à travers la forêt et s'arrêta au pied d'une grande colline couverte de vignes.

– Voilà, c'est ici.

– Au boulot, les Fins Limiers ! ordonna Érica. Ouvrez l'œil et le bon, il y a peut-être d'autres pièces.

Wiglaf et Angus dégainèrent leur épée pour se tailler un passage à travers les branchages. Mais ils s'aperçurent qu'en fait, les vignes ne poussaient pas sur la colline. On les avait juste entassées là pour cacher quelque chose. Ils les écartèrent et découvrirent un grand trou dans les rochers.

– C'est l'entrée d'une grotte ! s'écria Angus.

Les yeux de Wiglaf s'élargirent. Il y avait des pics de pierre tout autour de l'ouverture : on aurait dit une gueule de dragon !

Wiglaf ramassa un panneau de bois par terre et lut à voix haute :

BIENVENUE
À LA GROTTE MAUDITE !

Il lâcha le panneau. Alors, ils avaient enfin trouvé cette fameuse Grotte maudite !

– Des empreintes ! s'exclama soudain Érica. Il y a des traces de pas qui conduisent à l'intérieur de la grotte !

Elle les examina à la loupe.

– Ce sont bien les empreintes de Sétha. Bon, moi, j'entre ! Qui vient avec moi ?

– Pas moi, répondit aussitôt Angus.

Mais Dudwin cria plus fort :

– Moi ! Moi !

– Non, Dud, répliqua Wiglaf. Toi, tu restes dehors avec Angus. Je… je vais y aller.

– Mais il fait tout noir dans cette grotte, remarqua Dudwin. Et c'est moi qui ai la torche.

– Très juste, soupira Érica. Et tu es vraiment courageux de vouloir nous accompagner.

Elle jeta un regard noir à Angus.

– Oh, bon, ça va. Je viens aussi, grommela Angus.

– Alors, allons-y, Fins Limiers ! décréta-t-elle.

– Pas si vite ! fit une voix dans leur dos. Pas si vite !

Wiglaf se retourna et il découvrit Mordred, assis dans sa chaise à porteurs !

– Je vous salue, Fins Limiers !

Mordred leur sourit. Par contre, les professeurs stagiaires, eux, ne souriaient pas. Ils s'efforçaient de poser leur directeur par terre sans s'effondrer sous son poids.

– Je suis venu voir comment vous vous en sortiez, annonça Mordred. Où est passé Baudruche ?

– Il a eu un petit accident, oncle Mordred, expliqua Angus. Les frères Marley l'ont raccompagné à l'EMD.

– Bougre de dragon sans pattes ! J'espère que ce n'est pas trop grave. J'aurais du mal à trouver un autre professeur pour entraîner les apprentis Massacreurs. Surtout avec le salaire que je paye.

Ses yeux violets s'arrêtèrent sur Dudwin.

– Dites-moi, qui est cet énergumène ?

– C'est mon frère, Dudwin, répondit Wiglaf.

– Mais, par les culottes du roi Ken, qu'est-ce que ton grand frère vient faire ici ? aboya Mordred.

– C'est mon petit frère, répliqua Wiglaf. Mais écoutez, Messire : nous avons trouvé où Sétha avait caché son trésor. Son or est quelque part à l'intérieur de cette grotte !

Wiglaf avait prononcé le mot magique : « or ».

Mordred bondit de sa chaise.

– Ô joie ! Ô jour béni ! Suivez-moi ! Je vais ouvrir le chemin !

Mordred fit un pas vers le trou sombre qui menait dans la grotte. Et il se figea.

– Réflexion faite, je vais laisser les Fins Limiers entrer en premier. Allez-y, je vous suis. Comme ça, je vous protégerai au cas où quelque chose surgirait par-derrière.

Mordred désigna Dudwin.

– Toi, celui avec la torche, tu passes en tête !

– À nous le trésor ! s'écria Dudwin en fonçant à l'intérieur de la grotte.

Wiglaf, Angus et Érica le suivirent.

La lumière de la torche projetait de grandes ombres sur les parois de pierre. De longues et fines stalactites pendaient du plafond. Il y en avait des centaines. On aurait dit des crocs acérés !

– Ne traînez pas ! leur cria Mordred de derrière. Est-ce que vous avez repéré une quelconque trace de trésor ?

– Pas encore, Messire ! répondit Érica.

Tout à coup, Dudwin trébucha et la torche lui échappa des mains.

Wiglaf accourut pour l'aider. En ramassant le flambeau, il remarqua que son frère était tombé sur un tas d'étranges choses blanches. Il mit un moment à réaliser ce que c'était. Puis il poussa un cri perçant :

– D-d-des oooos !

– Des os ? répéta Angus. Maman !

Il fit volte-face et courut vers l'entrée de la grotte.

– Humpf ! grogna Mordred quand son neveu lui rentra dans le ventre.

Il l'attrapa par le bras.

– Naann, naann ! Je veux sortir ! gémit Angus.

– Qu'est-ce qui te prend ? rugit son oncle. L'or de Sétha est si près que je le sens presque !

– À mon avis, cette odeur provient plutôt des crottes de chauves-souris séchées, intervint Érica.

– Peu importe, répliqua Mordred.

Il força Angus à se retourner.

– En avant, marche !

Alors que les Fins Limiers repartaient, Dudwin se pencha vers son frère.

– Qu'est-ce qu'ils font là, ces os, Wiglaf ?

– C'est sûrement le squelette d'un gros animal qui est mort dans cette grotte il y a des milliers d'années.

Du moins, c'était ce qu'il espérait.

– Je vais en garder un en souvenir, décida Dudwin.

Et il se baissa pour ramasser un os.

– Qu'est-ce que vous fabriquez ? rugit Mordred qui était toujours en bout de queue. Allez, allez, allez ! On ne ralentit pas !

– Qu'est-ce que c'est que ça ? s'étonna Érica.

Elle se baissa, mais au lieu d'un os, elle ramassa un chapeau.

Wiglaf l'examina et demanda :

– Qu'est-ce qui est planté dedans ?

– On dirait une plume de dinde rouge et blanche. Et la plus jolie plume que j'aie jamais vue, nom d'une dinde ! répondit Érica.

– Ce doit être le chapeau de Raoul Maboul ! Et ces os, ce sont ceux des sept hommes de la plus grande bravoure !

– Allez ! beuglait Mordred. On avance ! On avance !

– Cette grotte est maudite ! Nous sommes morts ! gémit Angus.

– Je suis trop jeune pour mourir ! s'exclama Dudwin.

La lumière de la torche vacilla dans sa main tremblante.

– Wiggie, je veux rentrer à la maison !

– Courage, Dudwin, chuchota Wiglaf. Tu es un Fin Limier maintenant. Et les Fins Limiers n'abandonnent jamais. Et de toute façon, ajouta-t-il, Mordred ne te laissera jamais partir !

Wiglaf détacha son doudou porte-bonheur de son épée et le tendit à son frère.

– Tiens, Dud, il m'a toujours porté chance. Je suis sûr qu'il te protégera de la malédiction de la grotte.

– Merci, Wiglaf, fit Dudwin en reniflant.

Il recommença à marcher avec le doudou bien serré dans sa main.

Érica se mit à chanter d'une voix tremblante : *Nous sommes les Fins Limiers... Et c'est nous les plus forts !*

Les autres se joignirent à elle. Leurs voix résonnaient contre les parois de pierre. Ils avançaient, guidés par une lueur jaune qui venait du fond de la grotte. Ils suivirent Dudwin dans un passage étroit et émergèrent dans une caverne immense baignée d'une étrange lumière jaune.

Wiglaf cligna des yeux, ébloui. Et soudain, il vit se dresser devant lui la statue grandeur nature de Sétha ! Elle avait les ailes déployées, la queue enroulée autour d'un énorme chaudron de pierre... qui débordait de pièces d'or étincelantes !

Mordred écarta Wiglaf du passage.

– De l’or ! s’exclama-t-il, les larmes aux yeux. Une montagne d’or ! Rien que pour MOI !

Chapitre huit

— Attendez, Messire ! Ne vous réjouissez pas trop vite ! s'écria Wiglaf. Regardez, Sétha nous a laissé un message sur le mur !

Et il se mit à lire ce qui était gravé dans la pierre :

À ma mort, moi, Sétha von Flambé, je souhaite léguer tout mon or à mes 3683 enfants. Si quelqu'un d'autre trouve mon trésor – quelqu'un qui ne soit pas un de mes merveilleux enfants –, je le préviens :

FICHEZ LE CAMP SUR-LE-CHAMP !
PARTEZ ET JAMAIS NE REVENEZ !
VOLEZ UNE PIÈCE, RIEN
QU'UNE PIÈCE D'OR…
ET VOUS ÊTES MORT !

ET ÇA NE SERA PAS DRÔLE,
CROYEZ-MOI !
TOUT AUTOUR DE VOUS,
LE FEU RUGIRA,
TROP DE FUMÉE, VOUS NE
POURREZ PLUS RESPIRER,
LA GROTTE SE METTRA
À TREMBLER !
CE SERA FOU, LES LANCES
PLEUVRONT DE PARTOUT !
CE N'EST PAS POUR RIRE,
PRÉPAREZ-VOUS À MOURIR !

Dudwin se mit à pleurnicher :

– Ououin, j'ai peur !

– Ououin, moi aussi ! renchérit Angus.

Wiglaf tremblait comme une feuille.

Même Érica avait l'air terrorisée.

– Quelle bande d'andouilles ! gronda Mordred. Vous pensiez peut-être que le dragon allait vous dire : « Allez-y, servez-vous, tout mon or est pour vous ! »

Angus tomba à genoux.

– S'il te plaît, oncle Mordred ! Sortons d'ici ! Je t'en prie ! Sétha est morte, mais je suis sûre qu'elle ne rigolait pas.

– Balivernes ! aboya Mordred. Assez tergiversé ! Allez, ramassez mon or !

Et soudain, à la grande horreur de Wiglaf, Dudwin prit la parole.

– C'est vous qui le voulez, cet or, Messire. Alors pourquoi vous ne le prenez pas vous-même ?

– Quoi ? rugit Mordred. Moi ? Vous ne savez donc pas pourquoi les enfants ont été inventés ? Pour que les adultes n'aient jamais à faire ce qu'ils n'ont pas envie de faire. Alors maintenant, exécution !

Les Fins Limiers restèrent tous groupés pour s'approcher pas à pas du trésor. Une fois qu'ils furent devant le chaudron, Érica demanda :

– Bon, qui va prendre la première pièce ?

Wiglaf avala sa salive. C'était une occasion de prouver qu'il était courageux. Et de toute façon, si c'était un piège, peu importe qui toucherait la première pièce, car ils mourraient tous !

– Je vais le faire, annonça-t-il.

Il prit une profonde inspiration et, tout doucement, il tira une pièce du tas d'or. Puis il attendit les flammes rugissantes et la fumée.

Mais rien ne se produisit.

Mordred était fou de joie.

– Qu'est-ce que je vous avais dit ? Toutes les menaces de Sétha, ce n'était que des sornettes !

C'est alors que Wiglaf entendit un grondement sourd.

– C'est ton ventre qui gargouille, Érica ?

– Non, je pensais que c'était le tien.

Le grondement s'amplifia.

– Oooooh ! C'est la fin ! hurla Angus.

Wiglaf reposa aussitôt la pièce sur le tas d'or.

Trop tard !

La grotte était secouée par un terrible grondement de tonnerre. Dans le gros chaudron de pierre, les pièces se mirent à tourner, tourner, tourner de plus en plus vite. Et brusquement, ce fut comme si quelqu'un avait débouché le fond du chaudron : les pièces furent aspirées par un trou. SLUUUU-UUURP !

– Qu'est-ce qui se passe ? s'inquiéta Mordred.

– L'or disparaît dans le fond du chaudron ! expliqua Angus.

– QUOI ! ? !

Son oncle se précipita vers le dragon de pierre.

Les Fins Limiers eurent juste le temps de s'écarter quand il plongea dans le chaudron pour tenter de rattraper les dernières pièces.

Il y eut un dernier « SLURP ! » puis plus un bruit.

– Tout n'est pas perdu ! s'écria Mordred. J'ai une grosse poignée d'or.

Il essaya de retirer son bras, mais son poing plein de pièces était coincé dans le trou.

– Aidez-moi, les gars !

Les Fins Limiers attrapèrent leur directeur par ses bottes et tirèrent de toutes leurs forces. Mais son poing restait coincé.

– Arrêtez, gémit-il finalement. Laissez-moi là. J'espère que l'EMD continuera à fonctionner sans moi. Ce sera dur, mais il faudra tenir bon, les gars !

– Mais, oncle Mor…, commença Angus.

– Non, mon neveu, répliqua Mordred. Il faut que je sois fort, mon heure est venue. Au fait, ce serait bien que vous rebaptisiez l'une des tours de l'EMD à ma mémoire. La tour nord, par exemple. La tour Mordred, ça sonnerait bien, non ?

– Mais vous n'allez pas mourir, Messire ! protesta Wiglaf. On peut vous sauver !

– Par les culottes du roi Ken ! rugit le directeur, tu vas me harceler jusqu'à la fin ! Alors, dis-moi, petit malin, comment comptes-tu me sauver ?

– Vous n'avez qu'à lâcher les pièces d'or !

Mordred eut l'air abasourdi.

– Moi, lâcher de l'or ?

– Oui, oncle Mordred ! renchérit Angus. Comme ça tu pourras glisser ta main hors du trou !

Mordred fronça les sourcils.

– Vous ne voulez quand même pas que j'abandonne cet or ? Non. Pas question. Jamais !

Wiglaf se tourna vers Érica.

– Il faut qu'on sorte d'ici ! Tu n'aurais pas une idée pour nous tirer de là ?

– Moi, non. Mais Messire Lancelot sûrement.

Elle décrocha son petit *Guide de Messire Lancelot* de sa ceinture et le feuilleta fébrilement.

– Ah, ah ! s'exclama-t-elle soudain. Voilà : *100 cas d'urgence.*

Elle se mit à lire tout haut :

– *Urgence n° 54 : Vous vous retrouvez face à un gros homme cupide dont la main est coincée dans un trou parce qu'il ne veut pas lâcher une poignée d'or…*

– Oui ! s'écria Angus. C'est exactement ça !

Érica continua :

– *Si le gros homme cupide ne se dépêche pas de lâcher les pièces, êtes-vous en danger de mort ?*

– Oui ! répéta Angus. C'est ça !

Érica poursuivit sa lecture.

– *Si tous les autres moyens ont échoué…*

Elle tourna la page.

– *… essayez les chatouilles !*

– Trop fort ! s'exclama Dudwin.

Aussitôt, les quatre Fins Limiers se jetèrent sur Mordred.

– Arrêtez ! protesta-t-il. Qu'est-ce qui vous prend ?

– Désolé, Messire, s'excusa Érica en lui chatouillant le ventre. Mais c'est pour votre bien.

– Hi-hi-hi-hi-hi ! gloussait le directeur de l'EMD. Arrêtez !

Mais personne ne lui obéit. Angus lui chatouillait le pied gauche. Et Wiglaf le pied droit. Dudwin le gratouillait sous le menton.

Mordred se tortillait en ricanant. Il se débattait et criait :

– Laissez-moi ! Pitié !

Mais les Fins Limiers continuèrent. Enfin, Wiglaf entendit un léger « clink, clink, clink ! ».

Mordred commençait à lâcher les pièces d'or !

– Ça marche ! s'écria-t-il.

– Bien sûr ! répliqua Érica. Messire Lancelot a toujours raison.

– Oh, nooooooon ! sanglota Mordred en ressortant sa main vide du trou.

Il écarta violemment les chatouilleurs, rouge de fureur.

– Vous m'avez fait perdre mon or ! gronda-t-il en remettant ses bottes. Attendez que je m'occupe de votre cas !

– Mais, Messire, protesta Érica, nous ne pouvions pas vous laisser mourir !

– Tu perds ton temps à essayer de discuter avec lui. On ferait mieux d'y aller, conseilla Wiglaf.

– Attendez ! cria Dudwin. J'ai repéré un trésor !

– Un trésor ? gronda Mordred. Où ça ?

Dudwin passa la torche à son frère, puis il entreprit d'escalader la statue du dragon.

– Dudwin, arrête ! ordonna Wiglaf. Redescends !

Mais Dudwin continua à grimper et soudain Wiglaf comprit pourquoi. Il restait une pièce d'or coincée entre les dents de pierre du dragon !

Les yeux violets de Mordred s'illuminèrent quand il la remarqua. Il se rua sur la statue.

– Il ne reste plus qu'une pièce ! rugit-il. Rien qu'une ! Mais elle est pour moi !

Une pièce, rien qu'une. Les menaces de Sétha résonnèrent à nouveau dans la tête de Wiglaf.

VOLEZ UNE PIÈCE, RIEN
QU'UNE PIÈCE D'OR…
ET VOUS ÊTES MORT !
ET ÇA NE SERA PAS DRÔLE,
CROYEZ-MOI !

Wiglaf venait de comprendre. L'avertissement de Sétha ne concernait qu'une seule pièce – rien qu'une ! Tout à coup, il réalisa que ces menaces n'étaient pas du tout des sornettes !

– Dudwin, Messire Mordred ! Ne touchez pas à cette pièce ! leur cria-t-il. N'y touchez surtout pas !

Trop tard ! le directeur de l'EMD avait déjà arraché la pièce des dents du dragon.

– Ha, ha ! Je l'ai eue le premier ! Je l'ai…

Il ne put pas finir sa phrase car, juste à ce moment-là, une flamme jaillit de la gueule de la statue.

– Ouh là ! s'exclama Mordred en sautant à terre.

Dudwin descendit également d'un bond.

Les naseaux du dragon crachaient une épaisse fumée noire. Et de plus en plus de flammes s'échappaient de ses mâchoires. Les parois de la grotte se mirent à trembler.

SCHTOUNK ! Une stalactite se détacha du plafond.

Wiglaf vit la lance de pierre se planter juste sous son nez. Elle l'avait manqué de quelques centimètres à peine !

SCHTOUNK ! Une autre !

SCHTOUNK ! Et encore une autre !

Puis, comme Sétha l'avait prédit, les lances de pierre se mirent à pleuvoir par centaines.

– Au secours ! hurla Angus. Cette fois-ci, on est morts !

Chapitre neuf

Wiglaf prit la main de Dudwin et il se mit à courir vers la sortie, en traînant son frère derrière lui.

SCHTOUNK ! Une stalactite s'abattit juste à côté d'eux.

Wiglaf laissa tomber la torche, qui s'éteignit en touchant le sol. Désormais, la grotte était plongée dans l'obscurité. Et pleine de fumée. Wiglaf arrivait à peine à respirer, mais il continuait à courir ; loin devant, il avait repéré une lueur : l'entrée de la grotte !

SCHTOUNK !

Wiglaf esquiva la stalactite de justesse mais Dudwin lui lâcha la main.

SCHTOUNK ! SCHTOUNK ! SCHTOUNK !

Les lances de pierre s'abattaient en pluie serrée. Wiglaf filait, poussé par l'instinct de survie, pensant que son frère était devant lui.

– Cours vers la lumière, Dudwin ! lui cria-t-il.

Il entendit un gros « whoush » quand Mordred le dépassa à toute allure.

Enfin, Wiglaf atteignit l'entrée de la grotte. Il déboucha à la lumière du jour, à bout de souffle.

Érica était déjà là. Et Mordred aussi, affalé sur les professeurs stagiaires pour reprendre sa respiration. Mais où était passé Dudwin ?

Wiglaf entendit des pas derrière lui. Ce devait être son frère. Mais une seconde plus tard, c'est Angus qui sortit de la grotte.

– Je ne suis pas mort finalement ! Je ne suis pas mort ! répétait-il.

Wiglaf retourna à l'entrée de la grotte et cria :

– Dudwin ? Tu es là ?

Une faible réponse lui parvint.

– Je suis coincé ! Au secours, Wiggie !

– J'arrive !

Wiglaf se rua de nouveau dans la grotte, malgré les stalactites qui sifflaient à ses oreilles en tombant.

– Par ici, Wiggie !

Wiglaf suivit la voix qui le guidait et il finit par retrouver son frère. Une stalactite s'était plantée dans ses chausses trop larges. Il était cloué sur place.

Wiglaf prit la pointe de pierre à pleines mains. Il tira de toutes ses forces, mais elle ne bougea pas d'un pouce.

– Enlève tes chausses, Dudwin. Vite !

– Pas question, j'ai tous mes trésors dedans !

Wiglaf grommela. Il n'avait pas le temps de discuter. Cette tête de mule aurait bien mérité un bon coup de poing dans le menton. Mais au lieu de cela, Wiglaf prit son élan et donna un grand coup de pied dans la stalactite !

Clac ! Elle se brisa à la base.

– Ouuuuuiiiiille ! hurla Wiglaf.

Il avait l'impression d'avoir tous les doigts de pied cassés.

– Trop fort ! s'exclama Dudwin. Bravo, Wiggie !

Wiglaf le prit par la main et, oubliant ses orteils en purée, il l'entraîna vers la lumière.

Là, à sa grande stupéfaction, il constata que les lances de pierre s'abattaient devant l'entrée de la grotte. Le passage était presque bloqué !

– Vite, Dud ! Vite !

Wiglaf le poussa de toutes ses forces et Dudwin fut éjecté brutalement de la grotte.

Wiglaf plongea derrière lui. Il roula sur le sol tandis que les stalactites finissaient de fermer l'entrée.

Enfin dehors, Wiglaf resta affalé par terre, hors d'haleine. Son frère l'aida à se relever et il le serra dans ses bras.

– Wiglaf ! Tu m'as sauvé la vie !

– Silence, maudits gamins ! aboya Mordred. Sans vous, je serais un homme riche !

– Riche et mort, précisa Angus.

Dudwin s'approcha de Mordred.

– Je veux devenir un héros, comme mon grand frère ! Je veux aller à l'École des Massacreurs de Dragons ! Je peux ? Hein ? S'il vous plaît ?

– Tu plaisantes ! gronda le directeur. Wiglaf me doit encore ses sept sous. Et tu voudrais que j'inscrive son frère gratuitement ?

– J'ai de quoi payer ! répliqua Dudwin.

Il fouilla dans ses chausses et en tira deux pièces d'or.

Les yeux de Mordred faillirent sortir de leurs orbites.

– Ces pièces sont à moi ! rugit-il. J'ai dû les laisser tomber juste à l'endroit où tu les as trouvées !

Dudwin recula la main.

– Vous ne m'aurez pas aussi facilement !

– Donne-lui une pièce, Dud, lui chuchota son frère. Sinon, il va te prendre les deux.

– Si tu le dis, Wiglaf.

Dudwin lança une pièce dans les buissons.

Mordred se jeta dessus.

– Et maintenant, file à la maison avec l'autre ! Vite, Dud !

Dudwin glissa la pièce dans ses chausses. Il ramassa son paquetage et rendit son doudou à Wiglaf.

– Il marche vraiment, ton porte-bonheur, Wiggie ! Je ne suis pas mort !

– Au revoir, Dud !

Dudwin sourit.

– Salut, Wiggie ! Je vais raconter à toute la famille que tu m'as sauvé la vie dans la Grotte maudite ! Je vais leur dire que tu es un héros !

Dudwin agita la main et se mit en route.

Mordred sortit des buissons en rampant. Il brandissait la pièce d'or.

– Je l'ai eue ! Je l'ai eue ! Je…

Érica l'interrompit :

– Excusez-moi, Messire ?

– Qu'est-ce qu'il y a encore ? grommela-t-il en se relevant.

– Ce sont les Fins Limiers qui ont trouvé le trésor de Sétha. Nous avons bien mérité notre récompense.

– Oh, vous voulez une récompense, c'est bien ça ?

Un sourire féroce découvrit toutes les dents en or du directeur.

– … eh bien, vous allez l'avoir, votre récompense !

Wiglaf frémit. Le ton de Mordred ne lui disait rien qui vaille.

Le directeur de l'EMD alla trouver les professeurs stagiaires et leur annonça :

– C'est bon, vous pouvez prendre une soirée de repos.

– Oh, merci, Messire ! s'exclamèrent en chœur les stagiaires maigrichons.

Mordred s'assit sur sa chaise à porteurs.

– Voilà votre récompense : Wiglaf, tu prends la poignée de gauche, Éric celle de droite, et toi, Angus les deux de derrière ! Allez, les gars, ho ! hisse ! Et pas de secousse !

Wiglaf eut un mal fou à se relever avec un poids pareil à soulever. Il fit un pas, soufflant sous l'effort.

– Plus vite, les gars ! ordonna Mordred. Sinon on ne sera jamais rentrés avant la nuit !

Alors qu'ils prenaient le chemin de l'EMD en titubant, Érica essaya de donner du courage à ses amis :

– Ça pourrait être pire, hein ?

Wiglaf hocha la tête. Il savait qu'une fois à l'école, ça risquait en effet d'être pire. Mais pour l'instant, il était content d'avoir renvoyé son frère chez ses parents avec une pièce d'or. En plus, il allait pouvoir leur raconter les véritables aventures de Wiglaf le héros.

Cette fois-ci, il se mit à chanter avec les autres :

Nous sommes les Fins Limiers !
Et c'est nous les plus forts !
Nous sommes les Fins Limiers !
Et on a trouvé le trésor !

TABLE DES MATIÈRES

L'auteur et l'illustrateur

K. H. McMullan vit à New York. En 1975, elle a décidé de tenter sa chance en écrivant un premier livre. Vingt-cinq ans plus tard, elle a, sous différents pseudonymes ou en collaboration, plus de cinquante ouvrages pour la jeunesse à son actif. Pour *L'École des Massacreurs de Dragons,* elle dit s'être inspirée directement de sa vie de collégienne : « Chaque personnage s'inspire de quelqu'un que j'ai rencontré réellement, depuis ma meilleure amie au collège jusqu'à l'orthodontiste de ma fille ! » C'est pourquoi, quand elle se rend dans les écoles, K. H. McMullan conseille aux apprentis écrivains de prendre pour point de départ leur propre vie et leurs propres expériences.

Bill Basso est né et a vécu longtemps dans le quartier de Brooklyn, à New York. Il vit à présent dans le New Jersey, avec sa femme et leurs trois enfants. Après des études d'art et de design, il a illustré de nombreux livres pour la jeunesse et collabore régulièrement à des revues destinées aux enfants.

L'ÉCOLE DES MASSACREURS DE DRAGONS

Avis aux apprentis massacreurs !
Voici les titres parus :

1. Le nouvel élève
2. La vengeance du dragon
3. La caverne maudite
4. Une princesse pour Wiglaf
5. Le chevalier Plus-que-Parfait
6. Il faut sauver Messire Lancelot !
7. Le tournoi des Supercracks
8. La prophétie de l'an 1000
9. Dressez votre dragon en 97 leçons
10. Un dragon à l'école
11. Attention, sorcier dangereux !
12. Le fantôme de Messire Vieudonjon
13. Horreur, malheur ! C'est vendredi 13 !
14. Nom d'un cochon !
15. Demande de rançon
16. Le plus vieux dragon du monde
17. Vacances chez les fantômes
18. Un troll chez les Massacreurs
19. Bienvenue chez les géants
20. L'école est finie !

Maquette : Didier Gatepaille

ISBN : 978-2-07-509719-2
N° d'édition : 327259
Loi n° 49-956 du 16 juillet 1949
sur les publications destinées à la jeunesse
Premier dépôt légal : janvier 2001
Dépôt légal : mars 2018
Imprimé en Espagne par Novoprint (Barcelone)